Winter Woods

원 터 우 즈

1

COSMOS 글 | 반지 그림

CONTENTS

Part 0
/
prologue

옛날 옛날에 한 유명한 연금술사가 살았습니다.

그는 자신의 아이를 가진
아름다운 아내와 행복하게
살고 있었습니다.

그러던 어느 날. 그의 아내는
아이를 낳자마자 세상을 떠났고,

그 아이마저 눈을 감아버렸습니다.

슬픔에 잠긴 연금술사는
자신의 성 깊숙한 곳에
몸을 감추고 그저 눈물만 흘렸습니다.

그렇게 세상을 비관하던 그는 한 가지 결심을 했습니다.

"그래, 가족을 만들자."

그는 장례를 막 치른 묘를 골라
사람의 시신을 여러 개 얻었고,

그 몸을 조립해 새로운
사람을 만들어내는 시험을 시작했습니다.

그러나 실험은 실패의 연속이었습니다.

사람을 만들 수 있었지만,
'만들어진 사람'에게는
'마음'이 없었기 때문입니다.

"넌 그저 인형에 불과해…."

그는 실망했지만
이내 곧 다시
실험을 시작했습니다.

진짜 뜨거운 피가 흐르는
'자신의 가족'을 만들기 위해서…

인형에 불과한 '만들어진 사람'의 가슴에
마음을 담기 위해서…

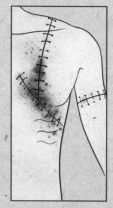
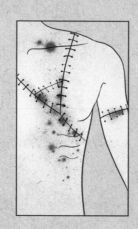
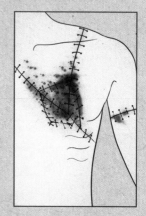

그는
'만들어진 사람'의
가슴을 열어보고,

또 열어보고를
반복했습니다.

그럴 때마다
'만들어진 사람'의
가슴에도 흉터가
하나둘 늘어갔습니다.

그렇게 그는
실패작인 '만들어진 사람'과 많은 세월을 보냈고…

어느새 늙은 노인이 되어버렸습니다.

1000번째 실험을 마치고 그는 생각했습니다.

"아… 마음을 담는 건 어려운 일이구나…"

그는 결국 1001번째 실험을 마지막으로
'가족' 만드는 일을 포기하기로 했습니다.

그는 실험대 위에 놓인
'만들어진 사람'을 바라보았습니다.

"네게 마음이 있다면···
기꺼이 나의 아들로
삼고 싶었단다···.

기쁨과 슬픔을 함께 나누는
가족이 되고 싶었지만···

너에겐 마음이 없구나···."

그렇게 1001번째 실험이
시작되었습니다.

온 세상을 다 뒤덮을 만큼
내리던 눈이 그쳤고

오랜 시간이 지났습니다.

'만들어진 사람'은
곤히 자고 있던 연금술사의
옆으로 다가갔습니다.

"주인님?"

"주무시는 건가요?"

몇 번이고 불러보았지만 그는 깨어나지 않았습니다.

아무리 깨워도
일어나지 않는 그의 모습이

차가운 그의 감촉이

'만들어진 사람'에게는
낯설기만 했습니다.

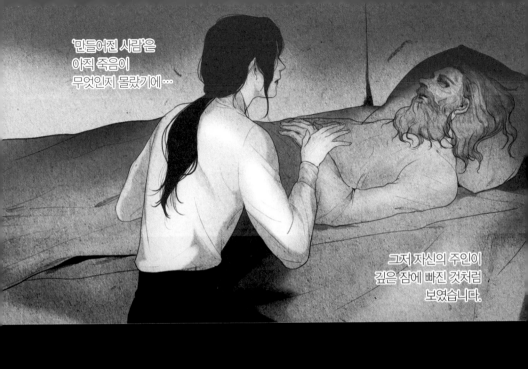

'만들어진 사람'은
아직 죽음이
무엇인지 몰랐기에…

그저 자신의 주인이
깊은 잠에 빠진 것처럼
보였습니다.

한동안 주인의 모습을
바라보던 그의 눈에서
눈물이 흘러내렸습니다.

그리고 그는 작게 중얼거렸습니다.

"일어나요ㅡ"

"일어나요ㅡ"

"일어나요, 아버지……"

1945년 5월 4일 독일, 노이슈반슈타인

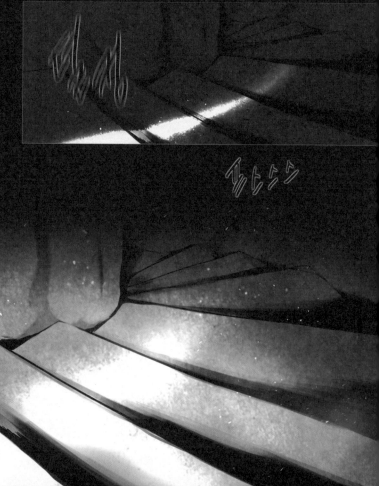

어?

지|지|직...

지|지|지...

〈프롤로그〉마침

Part 1

/

첫 자유

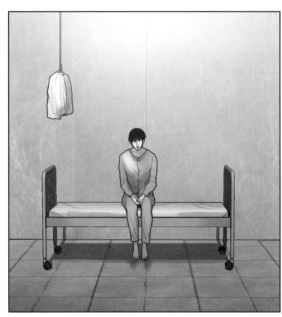

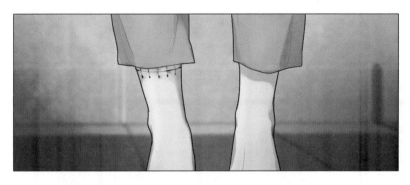
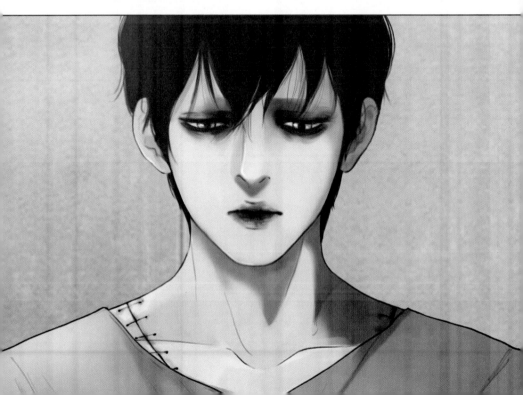

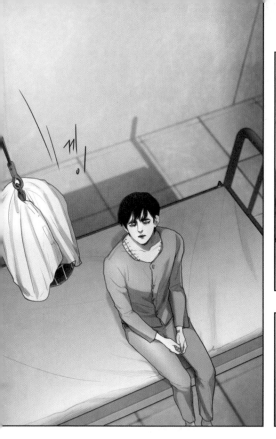

그만—

오늘은 그러려고
온 것이 아냐.

준비해.

나가야 하니까.

Forest big tree

좀 신선하고
재밌는 소재 없니?

그리고 나한테
꿔간 돈은 언제
갚을 건데?

금방
갚을 거거든?!

성공해서
갚겠다며.

소재 생각이
어디 쉬운 줄 알아?

넌 몰라!

신선한 소재를
생각하는 게
얼마나 어려운데….

벌컥

벌컥

탁!

Forest big tree

머리를 이리
굴려도, 저리 굴려도
안 떠오르는 걸
어떡해!

당연히 받지.

그 소재가 위험을 감수해야 하는 것이라고 해도…

도망 안 갈 거고, 그렇지?

넌 날 그렇게 오래 보고도 모르냐?

그런 게 생기면 괴물이든 뭐든 다 받아야지!

미쳤다고 도망을 왜 가?

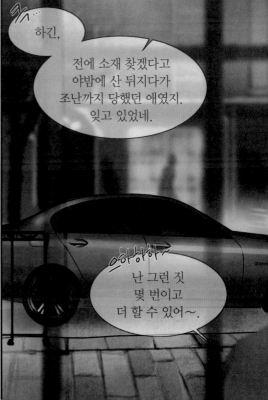

큭… 하긴,

전에 소재 찾겠다고 야밤에 산 뒤지다가 조난까지 당했던 애였지. 잊고 있었네.

으하하하~ 난 그런 짓 몇 번이고 더 할 수 있어~.

EL-01.

EL-01!

내 말 잘 들어.

아무도 믿지 마.

그 누구도 아무런 대가 없이 호의를 베풀진 않아.

널 향해 웃는 사람들을 보면 무조건 의심부터 하고 봐.

크응~

…휴버트.

당신은 믿어도 되나요?

...아니.

나조차도
믿지 마.

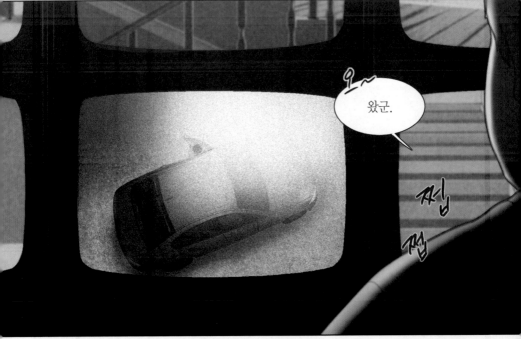

오~
왔군.

찌입
찌입

어머나! 정말?

아...

이 편한 생활도
이제 끝이구나~.

버려!

래리!
빵 부스러기!!

우걱

우걱

내려.

탁.

뭐야…
어디 가?

들어가 봐야 해.
난 누구와 달리 아주
바쁜 사람이라서.

다음번엔
좀 읽어볼 만한
이야기를 들고
오도록 해.

기대하고
있을게?

아이구~
너무 고마워서
몸 둘 바를 모르겠네.

네가 벌래?

그럴 리가요!
사라 님, 제가
잘못했습니다!

내가 했던 말
명심해.

잘 살아.

휴버….

네.

일 제대로 처리했나요?

네, 10시에 EL-01을
레이나 씨의 집 앞에
두고 왔습니다.

그럼 곧
만나겠네요.

그보다 EL-01과 얘기 많이 나눴나요?
당신은 EL-01과 할 얘기가
많았을 것 같은데.

......

휴버트는
믿어도 되나요?

…아니,
나조차도 믿지 마.

이 세상에 믿을 사람은
아무도 없어.

…그래도 휴버트는
다른 사람과 달랐어요.

아닙니다.

별 얘기
안 했습니다.

그보다 제인 레이나 씨가
놀라지 않을까요?
이렇게 갑자기….

……

아뇨, 제가 아는
제인이라면…

오히려
좋아할 거예요.

제가 준비한
선물을요.

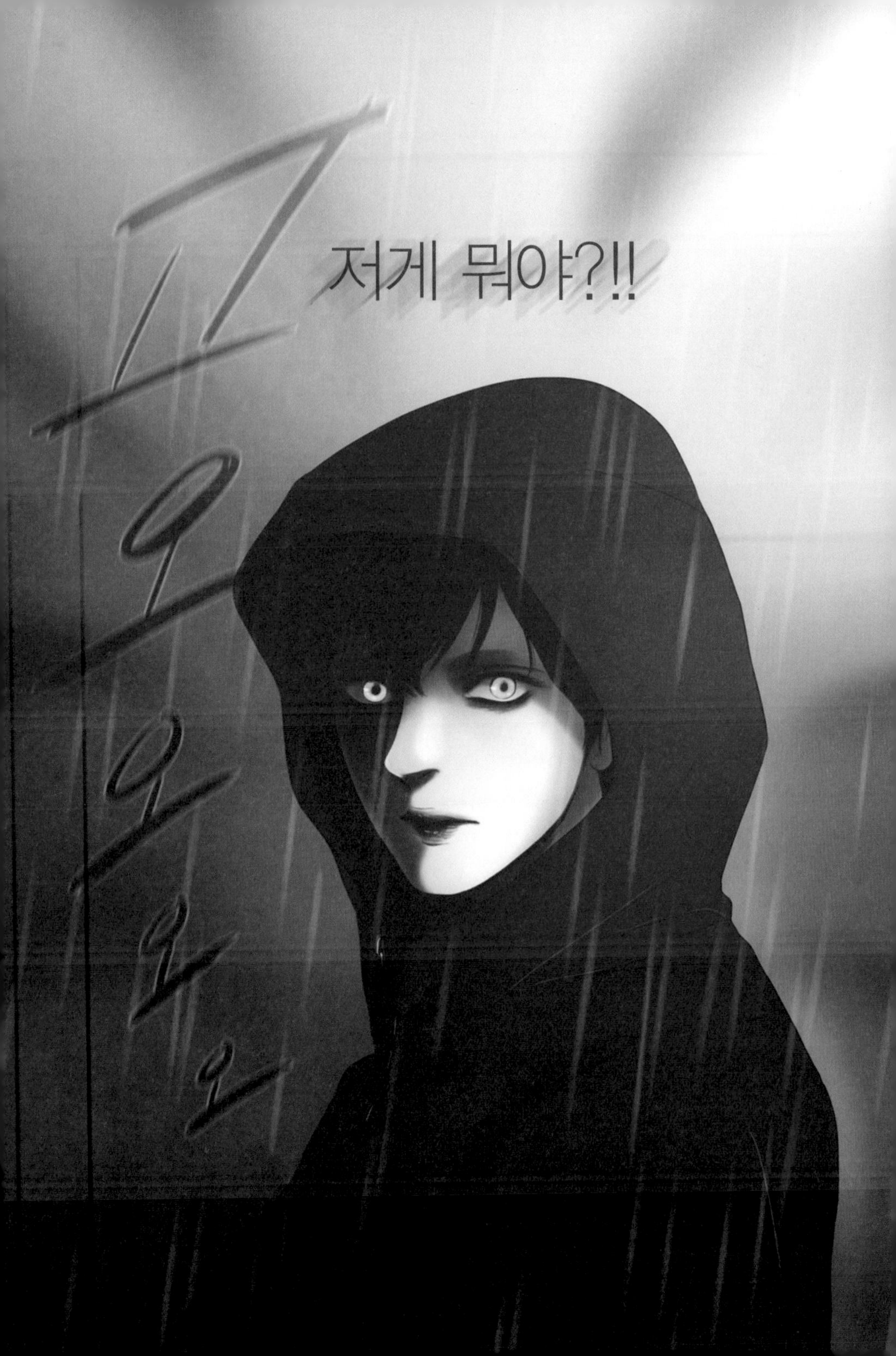
저게 뭐야?!!

Part 2

/

반짝임이 이끄는 대로

다다다다—

저게
왜 쫓아와!!

뭐야?

뭐야??

혹시 나
혼자 살고 있는 거
아는 거야?

언제부터 날
쫓아다닌 거지?

히악~!

빌어먹을!!!

진짜
스토커 아냐?!

어쩌지? 경찰에 신고할까?
아냐, 괜히 신고한다고
꿈지럭댔다가 더 위험한
상황이 올지도 몰라!

이대로 당할 순 없어!
뭐라도 좀 생각해봐!!

생각해보라고,
이 멍청아!!

!!!!!!

저, 저 왔어요.
엄마, 아빠~!

문 좀 열어요~!
저 왔다니까요?!

문 열어요!
따, 딸이 왔다니까!!

......

…쟤 진짜
못생겼다.

내가 나갔다 올게.
저러다 문
부서지겠어.

잠깐만.

응?

……!

…누, 누구세요?

저기요…?

휴버트가 이 쪽지를 제게 줬어요.

여기는 어디고…

제인 레이나는 누구인가요?

……．

전데요…?

잠시만
좀 볼게요.

사안짝

일끔.

휴버트가
누구지?

무슨 저런
시체 같은 사람을
내게….

저기 혹시…
어디서 왔어요?

도리

도리

손목에
숫자도 그렇고.

아니,
그 흉터도
그렇고.

어디서 왔는지
모른다는 건가…?

혹시
병원 같은 데서….

…….

왜 저렇게 무섭게
쳐다보는 거야!

음~, 그러니까!
막 하얗고 긴 옷 입은
사람들이 뾰족한 걸로
째고 찌르고 그랬어요?

벙어리도 아닌 게
입에 지퍼라도
채웠나….

……

시체처럼
창백한 얼굴

손목의 숫자

몸의 흉터

의문의
쪽지….

이봐요.

우리 잠깐
들어가서
얘기할까요?

205

......

들어와요.

저기요?

왜 그래요?

어디
아픈 거예요?

안색이 안 좋아
보여요~.

추우니까
안으로 들어가서
얘기를….

이봐요!!!!!!

뭐야!
저거 왜 저래?

분명 여기 오면서
휴버트가 뭐라
말한 게 틀림없어!

래리, 뭐 해!!

빨리 EL-01을
쫓…

잠깐만!

아니, 책임님도
웃기지 않아?
실험 멤버도
멤버 나름이지!

그 작자는
기준 미달이야!

그런 사람은
애당초 이 실험에서
빠져야 한다고!

하필 들어가도
여길 들어가냐!

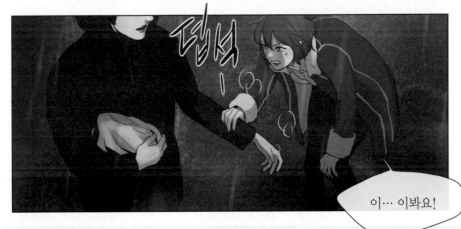

......

멍...

이 숲엔 살인마가 산단 말이에요!

여, 여긴 위험하다니까요!

전 당신의 집으로 들어갈 수 없...

애기는 나중에 하고 우선 나가죠.

휴버트가 아무도 믿지...

팁

제발 좀...

나가자고요.

이 숲 이름이
안개 숲인데, 엄청 흉측한
연쇄 살인마가 산대요.

무섭죠?

그 소문이
하도 자자해서
진짜라는 얘기가
있다고요….

마을 사람들도
절대 숲 안으로
안 들어온다니까?!

그런데
내가 그쪽 구하러
들어온 거예요!

봐요.

어디선가
그 살인마가 우릴
지켜보고 있을 것
같지 않아요?

으~! 소름!!
어서 가요!

…?

뭐 해요?

안 가요?

…전
갈 수 없어요,
제인.

…!!!

그게
무슨...

저는 집에
가야합니다.

휴버트는 그 누구도
아무런 대가 없이
호의를 베풀지
않는다고 그랬어요.

결국 제인도
다른 사람들처럼
절 이용할 거잖아요.

아니, 뭐…

그… 어…

음…

그래요.
솔직하게 말하면… 난 당신을 이용하려 했어요.

아니, 이용까진 아니에요!

그냥 간단하게 그쪽 이야기를 듣고 싶은 것뿐이라고요.

하아~

난 소설가예요. 동화를 쓰는데…

요즘 머리가 굳어가는지 도통 소잿거리가 생각나지 않더라고요.

그러다가 오늘….

그러니까 지금 당신을 만났는데,

뭔가 흥미롭기도 하고… 재밌을 것 같기도 하고… 외모는 두말할 것 없이 독특…

그때는 이용하는 것이 아닌,

서로 돕는 게 되는 거예요.

......!

웃기는 소리!!

이용하는 건 어디까지나 이용이야!

도와주는 것이 아니라고!

우와 우와 우~와!!

이 앵무새 뭐예요?

말 너무 잘한—

떨릴!

아악

난 앵무새
따위가 아냐, 이 멍청아!!!
네가 뭔데 날 평가하는 거야?
덜떨어진 인간 주제에!

저 새도
내 거다!

빡!

빨리 우리
집으로 가요.
가서 생각해요.
네?

……

대~~~박!
무슨 앵무새가
말을 저렇게
잘해?

…그렇다면,
제인.

제게
살아있다는 게
무엇인지
가르쳐주세요.

난 살아있고
싶어요.

당신은…

반짝거리며

살아있잖아요.

저도 당신처럼
되고 싶어요.

뭐? 반짝여?
내가…?
설마 나한테
반했나?

아니 멀쩡히 살아서
돌아다니고 있구만,
무슨…?

흥

아뇨,
전 죽어있어요.

무슨 소리인지
모르겠지만,
까짓것…!!

최선을
다해볼게요!!

감사합니다.

그럼 진짜로
들어가죠?

로이,

우리
봄이 올 때까지만
여기서 지내요.

로이도 추운 건
싫잖아요, 그렇죠?

…네가
있겠다면 나도
어쩔 수 없잖아.

그럼 봄이
올 때까지만이야.

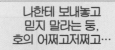

나한테 보내놓고
믿지 말라는 둥,
호의 어쩌고저쩌고…

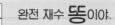

완전 재수 **똥**이야.

…제인.

나 지금
일하는 중이야,
사설은 혼자서 해.

당분간은
바빠서 못 가.
최대한 시간 내볼게.
됐지?

알겠어, 사라님.
빨리 와야 해~?

헤헤~

응, 끊어.

틱

스읍..

……

……

일이 잘된 것 같네요?

…죄송합니다. 쓸데없는 이야기를 해서.

아니에요. 당신과 EL-01은… 나름 특별한 관계였으니까.

큰 문제가 생기지는 않았잖아요.

…책임님은 제게 이상하리만큼 관대하시군요.

당신은 아주 유능한 인재니까요.

이제 나가봐요.

EL-01 상태를 모니터링해야죠.

…네.

'관대하다'라….

그야—

당신은 아주
중요한 길잡이니까.

후~

한시름 놨군.

제인이 잘 붙잡아 줘서 다행이야. 책임님의 추천이 괜한 게 아니었나 봐.

소재에 대한 집착, 대단해~.

집착도 집착이지만, 의외로 제인이라면 잘해줄 것 같아.

짝짝짝!

이번에도 잘 넘겼고.

근데 래리, 넌 EL-01이 살아있는 것 같아, 아닌 것 같아?

연구원도 아닌 내가 그걸 어떻게 알아? 난 가드 차원에서 파견 나온 것뿐인데.

그리고 그걸 실험해보려고 제인에게 보낸 거 아냐?

하긴 살아있든 아니든 놀라운 실험체긴 하지, 팀 내에서 EL-01이 불사의 존재라며 흥분해 있을 정도니까.

그런데 책임님이 확고한 실험 방향을 밝히지 않는 게 좀 걸려.

지금까지 밝혀진 게 거의 없는 실험체라며~. 그 책임님이란 사람도 어떤 결과든 상관없다는 식 아니겠어?

내가 아는 책임님은 절대로 그렇게 느슨한 사람이 아닌데….

아~ 몰라! 그런 건 너희들 연구원 쪽에서 생각하라고, 난 배 좀 채워야겠다.

에너지를 너무 소비했어~

뭐?!

가만히 앉아 있고서는 무슨 에너지?

그래,

살아있든 아니든….

이제부터
보면 되겠지…!

Part 3
/
그리고 첫 걸음

저기요!

미안해요~!

친구랑 통화 좀 하느라고!

여기 앉아요!

오늘 도망가고 뛰고 정말 힘들었다. 그렇죠?

…죄송합니다, 제인.

그보다 이름이 뭐예요?

사람들은 저를 EL-01이라 불렀어요.

무슨 제품 코드 번호도 아니고, 그게 이름이에요?

아니요. 제겐 이름이 없어요.

그래, 이름!

이름이 없으면 대화하기 힘들잖아요.

계속 이봐요, 저기요 하면서 부르기도 좀 그렇고~.

오!

여기 있다!

우선 이거라도 입어요.

그 비에 젖은 옷은 후딱 벗어버리고.

감사합니다, 제인.

뭘요, 옷은 제공한다고 했으니까 주는 거예요.

그나저나 뭐가 좋을까?

주섬 주섬

털썩

음-

…우즈?

윈터우즈!

윈터우즈! 어때요?

편하게 '윈터'라고 부르면 되겠다!

구려.

겁나 구려, 후져. 찌질한 이름이야. 그게 이름이냐? 개돼지도 그런 이름 더러워서 싫다고 하겠다.

네… 네?

비꼬기까지? 언어 구사 능력이 상상 이상인데?

어푸끼!

…제인.

그럼 이제 저는
제인에게 저의 이야기만
하면 되는 건가요?

맞아,
그것뿐이에요.

내일부터
당신의 모든 것들을
이야기해줘요.

그보다 분위기
너무 어색하다!

앞으로 봄까진
같이 지내야 하니까
말 편하게 할게.

챡!

서로
잘 도와보자!

……

머뭇‥

씨익~

딥

뻑.

헤헤~

붕붕~

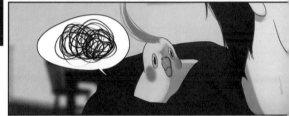

난 좀 씻고
올 테니까, 넌 여기서
옷 갈아입으면 돼.

끄덕
끄덕

주섬 주섬..

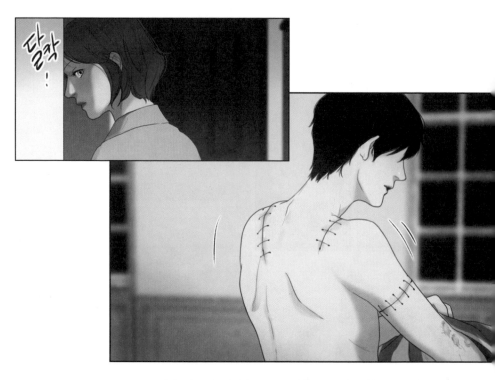

달칵!

오호…

그나저나
이거 괜찮나
모르겠네….

그래도 남잔데….

제대로 잠이나
잘 수 있을는ㅈ….

제이어…

음주 + 추격전 → 숙면

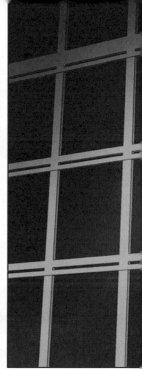

……

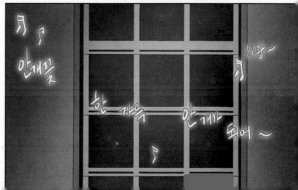

없어지지 않을

그 첫걸음—

새로운 시작은

그렇게 시작되지—

안개

첫걸음

발자국—

나도 그랬지—

나도 그랬어—

odelia
Roar

Winter Woods

저 배 봐라,
저 배.

똥이 백 일치는
들어있을 거야.

저 콧구멍!
코딱지는 없나?

어! 있다!
더러워~!

로이, 제인이
저대로 일어나지
않으면 어쩌죠?
주인님처럼
말이에요.

걱정하지 마.
저 똥배가
멈추지 않는 한
눈을 뜰 거야.

봐요. 제 배도
움직이는데,

왜 전
죽어있는 거예요?

저 코딱지의
움직이는 건
배뿐만이
아니잖아….

전 아직도
모르겠어요.

이제 제인이
알려준다고 했으니까
배우면 되겠죠?

저딴 코딱지한테
배우긴 뭘 배워~?

저것 봐!

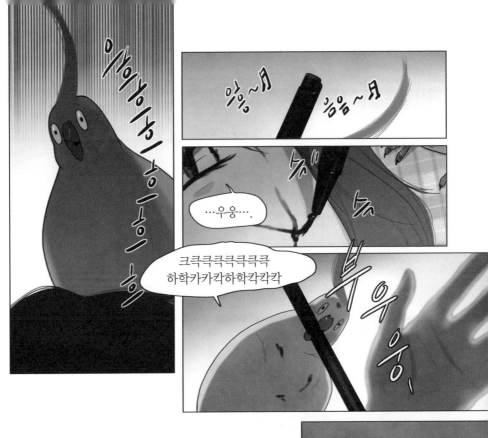

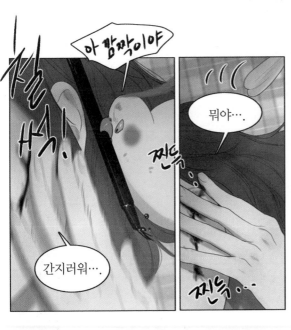

제인!

이것 봐요.

알록달록이에요!

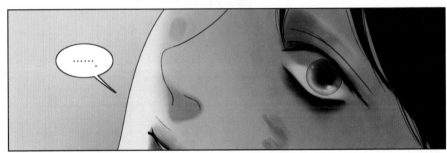

......

어휴!!!!!!

슬금~
원터어―!

점점
내려가지~!
다 보여!

아우!
내가 왜 이러고
있어야 해?

이런 체벌법은
어디서
배운 거야?

다 보인다고
했다!

사람이 되면 저렇게 뒤로도 보이나 봐요, 로이.

그냥 찍은 거지! 딱 보기에도 둔해 보이는구만!

그거 조금 가지고 놀았다고 엄청 뭐라고 그러네.

까짓것 얼마나 한다고.

지금 내 형편에 이게 얼마나 비싼 건 줄 알아?

사라한테 선물 받은 거라 아껴 쓰려고 했는데!

그리고 이 집도! 어떻게 구한 집인데 이렇게 낙서를 해놔?

나같은 무명작가가 이 정도 집에 살기 쉬운 줄 알아?!

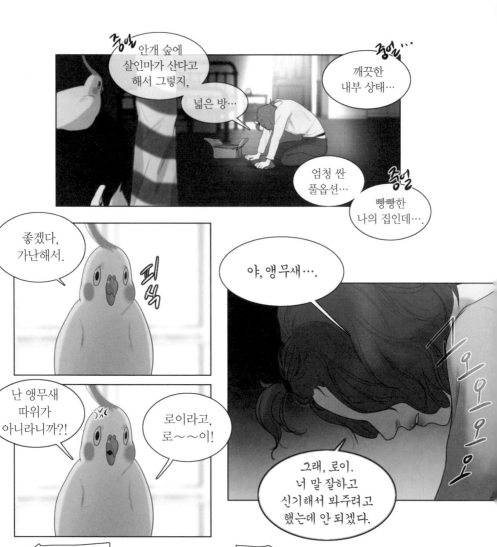

철떡 철떡

촤아아ㅡ

너덜

너덜
...

닭무새라니…
닭무새라니….

저기요!

저기, 이봐요!
처음 듣는 목소리
남자분?

1001

나와봐요!

오, 다행이다!

거기, 거기 제 악보 좀…!

나풀~

이거 말인가요?

맞아요! 맞아요!!

감사합니다! 제인 씨가 아니라서 더 감사합니다…!

깡깡깡

근데 누구세요?

제인은 **왠지 그냥 무조건** 모태 솔로일 테니 남자 친구는 아닐 테고….

제 이름은 윈터우즈 입니다.

저와 제인은 어젯밤부터 서로 돕는 관계가 되었어요.

서로 돕는 관계?

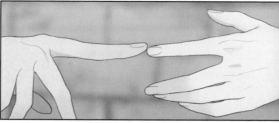

어젯밤에
당신의 노래를
들었어요.

정말? 어때요!
완전 좋죠?!
장난 아니죠? 멋있죠?
어때요, 응?

......

…왜
말이 없어요?

어떠냐고?
좋잖아.
장난 아니잖아.
멋있잖아!

…좋고,
장난 아니고,
멋있어요.

역시!
우리 윈터는
제대로 된 귀를
가졌네요!

......

사실 제인 씨도
그렇고,

그 옆집도
그렇고,

다들 귀들이
제정신이 아니야.

사실 이건
윈터를 위해 하는
말인데….

이런 명기와
명곡더러
소음이라니!

제인 씨
성격 완전
더러워요!

내가 밤마다
멋진 음악을 뽑아낼 때면
어찌나 욕하고 벽을
쳐대는지! 헐크처럼
변한다니까?

성격도, 얼굴도,
하는 짓도, 듣는 귀도
다 핵폭탄 수준이라
안타까울 정도죠!

그러니까
윈터도 조심….

왜 우리 건물엔
이상한 사람들만
사는 걸까요?

무슨
수준이라고요?

아, 아, 아,
안녕하세요, 제인!

안.녕.못.해.요.

물도 받아줬으니까, 깨애~끗이 씻고 나와. 대충 말고!

…….

그 표정 뭐야?

설마 혼자 씻을 줄 모르는 건 아니지?

저의 모든 것들은 흰 옷을 입은 사람들이 해줬어요.

맞아. 쪼끄마한 천 조각으로 어찌나 구석구석 닦아주던지.

보는 내가 민망하던걸?

너도 해줘야 하는 거 아냐?

화악

뭐?! 내가왜~?

뭘 상상했길래 얼굴이 빨개져?!

딱 한 번만
설명해줄 테니까
잘 들어!

일단 옷 다 벗고,

이걸로 얼굴!

옷을 벗고….

이 두 개로는
머리카락!

몸은 이걸로!

이 순서대로
짜고 거품 내고
문지르고
헹구면 돼!

알아듣겠—

헉!

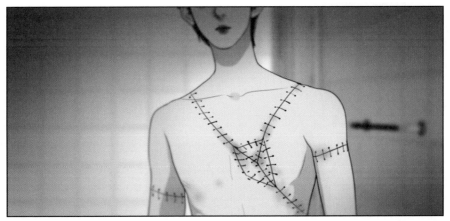

아, 아무튼 나 나간다!

쾅!

30분 후―

불안해… 불안해…! 불안하다고!!

왜 아무 소리도 안 들리는 거야?!

근데 그게 대체 뭐였지?

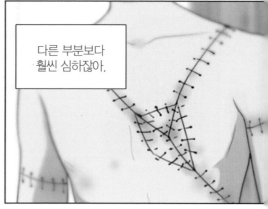

다른 부분보다 훨씬 심하잖아.

뭔가… 사연이 있을 것 같은데….

실례.

넌 우선 이거라도 두르고 있어!

사라!

잠깐, 잠깐, 잠깐만!!! 네가 생각하는 그런 거 아냐!

흠… 그새 많이 굶었니?

아니라니까!!

좀 닦아.

왜, 굶었으면 남자라도 소개시켜 주시게?

아니. 그 남자가 무슨 죄라고.

내 어디가 어때서?

제인.

아, 윈터.
잠깐 들어가 있—

야!!!!!!

Winter
Woods

난 사람의 몸을
씻기려는 게 아니다.
이건 그냥 마네킹….

그냥 마네킹이다!
좀 많이 물렁물렁하고
잘 움직이는 마네킹!

꽁

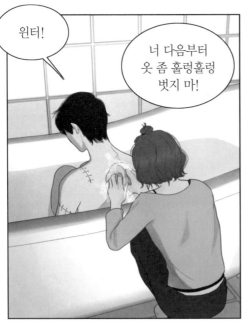

윈터!

너 다음부터
옷 좀 훌렁훌렁
벗지 마!

변태인 줄 알고
경찰이 잡아간다?

그리고 사라가
얼마나 당황했겠어?

음~.

내가 사놨던
커피라 그런지 향이
아주 좋네~.

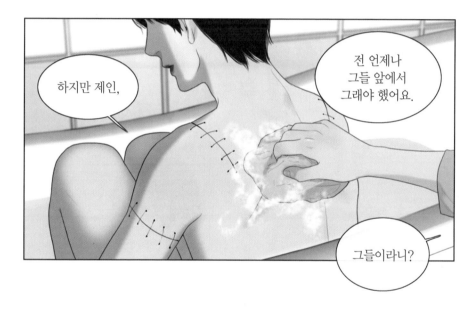

하지만 제인,

전 언제나
그들 앞에서
그래야 했어요.

그들이라니?

하얗고 긴 옷을 입은
사람들 말이에요.

어디 한번 볼까?

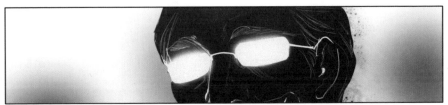

다리를 벌려봐.

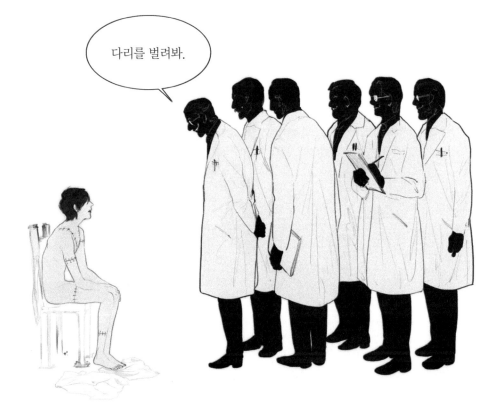

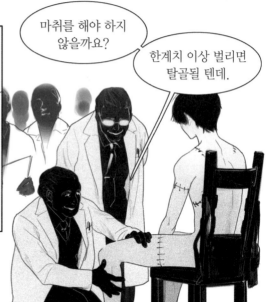

마취를 해야 하지 않을까요?

한계치 이상 벌리면 탈골될 텐데.

※Ball-and-socket joint 한계치를 봐야 하니까.

※Ball-and-socket joint：골반 같은 회전식 관절

마취는 무슨 마취야? 좌골대퇴인대 살펴볼 때 기억 안 나?

살을 찢고 근육을 떼어내는 과정에서도 표정 변화 하나 없던 게 '이거'야.

그런데 정말 신기하지 않아요?

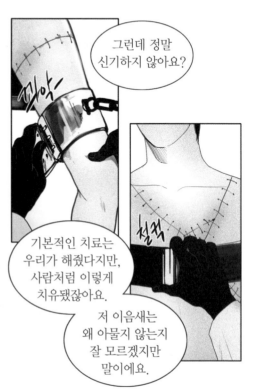

찌익─

철컥

기본적인 치료는 우리가 해줬다지만, 사람처럼 이렇게 치유됐잖아요.

저 이음새는 왜 아물지 않는지 잘 모르겠지만 말이에요.

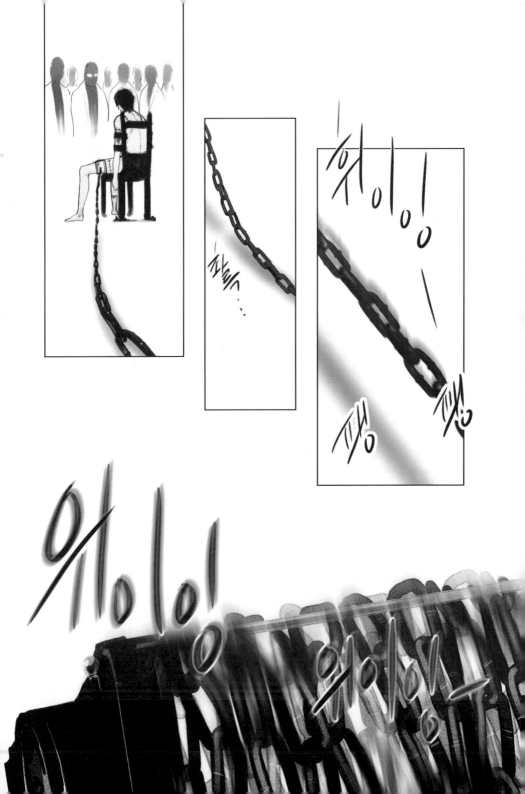

그들은 언제나 알아들을 수 없는 이야기를 했고…

그들이 나타나면 전 옷을 벗어야 했어요.

제인….

그녀는 그들과 같은 냄새가 나요.

사라는 그런 짓 안 할 거야.

갸는 내가 그냥 너 살펴봐 달라고 부른 거라고.

그보다…

아프지 않아?

내가 너무 세게
닦는 건 아니지?

……

…괜찮아요, 제인.
아프지 않아요.

그럼 다행이고.

그런데 이 흉터가
무엇인지도… 얘기해줄
수 있는 거지?

다 이야기해
주기로 했잖아,
그렇지?

네.
말해줄게요,
제인.

끄덕

씨익

어휴, 피곤해~.

그들이 나타나면 전 언제나 옷을 벗어야 했어요.

그녀는 그들과 같은 냄새가 나요.

나타났다던 소잿거리가 저거니?

…어?

어…. 그렇…지?

제인.

어, 어!

빌떡

경직

술

괜찮아, 괜찮아. 여기 앉아.

아까 말했지? 그냥 네가 건강한지 아닌지 보러 온 거야.

……

제인한테 얘기 들었어요.

…딘 찰스,

에리스 모리아,

펠라 엘르,

이안 그레고리,

휴버트 로웰,

윈터,
왜 그래?

올리브 올가,
페트릭 루카스,
모니카 몰리….

윈터!

…….

저 사람은 그들과
같은 냄새가 나요.

절 다시 데리러
오신 건가요?

무슨 말이죠?

아니, 아까
자세히 얘기해주지
않아서 잘 모르겠지만
전에 이상한 실험을
좀 당했나 봐.

너한테서 그 사람들이랑
같은 냄새가 난다고
아까부터 그러더라고.

164

......

괜찮아,

괜찮아, 윈터.

네가 걱정하는
일은 일어나지
않을 거야.

토닥
토닥

...알겠어요,

제인.

이름이
윈터인가 봐요?

윈터,
그럼 볼게요?

끄덕

역시, 신체적으로는
큰 변화가 없군.

그런데…

행동은
벌써부터 많이
변한 것 같은데?

신기할 정도로
제인의 말 만큼은
아주 잘 듣잖아.

거봐~
별로 없잖아~

제인,
나 이만 가볼게.

뭐?
갑자기 왜?

연구실로
돌아가 봐야겠어.

야, 잠깐만…!
윈터, 잠깐
여기 있어!

사라!

……．

사라!
잠깐만～!

왜 그렇게
갑자기
가는 거야?

제인, 지금 이 시점에서
내가 너에게 해줄 말은
한 가지뿐이야.

잘 보살펴.

어쩌면 넌 정말로
신선한 소재를 얻은
것일지도 모르겠다.

무슨 소리야.
그건 이미
알고 있거든?

너에게 자세하게
설명할 순 없지만,
저 사람 살아있다고
보기 힘들어.

그럼 좀비라도
된다는 거야?
흉터도 많던데~.

설마
프랑켄슈타인?!

프랑켄슈타인은
박사 이름이야.
글을 쓴다는 애가
그것도—

하여튼
상태가 상태다 보니
저 사람은 아마 터무니없는
말을 많이 할 거야.

의심하지 말고
잘 들어, 알았지?

조만간
다시 올게.

야, 야!

뭐가 급하다고
저렇게 후다닥 가?
윈터 옷 살 돈 좀 꿔달라고
하려 했더니.

속옷도 없는데.

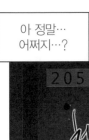

아 정말…
어쩌지…?

스미스 씨에게 속옷 좀
빌려달라고 할까…?

스미스
팬티 좀…

어엇!
자기
변태니?

체형도 비슷할 것
같은데….

그런 악마한테
또 몸을 맡기다니,
미쳤어?

그리고 제인 말을
왜 그렇게 잘 들어?

걔를 믿기라도
하는 거야, 뭐야?!

……

넌 나만
믿어야 해!

제인 따위도
믿지 마!

허~?!

야! 코딱지! 경고하는데,
다음부터 아까
그 여자 들이지 마!

로이,
너 되게 웃긴다?
나랑 사라는 그런—

이제 저런 악마는
지긋지긋해!!

참나~

여기가 지금
너네 집이—

피곤하니까
그만해라~.
너 아니어도
지금 머릿속이 엄청
복잡하거든?

하~

프랑켄슈타인의
괴물이라고?

안 꼬르르르르르룩...돼.

윈터!
사라도 갔고,
우리 본격적인
이야기를 한번
해볼까?

꿍...

밥 줘?

약소근 악소그니니끄 흐라카느그야!
(약속은 약속이니까 허락하는 거야!)

아이고, 참 고맙다~.

자, 이제 네가 겪은 모든 경험을 말해봐.

최대한 어렸을 때부터 모든 걸 이야기해줘.

저는 주인님에게 만들어졌기 때문에 어렸을 때 기억은 없어요.

…처음 눈을 떴던 그때부터 이야기를 할게요.

뭐?? 잠깐, 만들어졌다고?

연금술사이신 제 주인님께서 저를 만드셨습니다.

…아 그래. 연금술사, 음….

연금술이란 게 엄청 오래된 건 알고 있지?

좀 믿을 수 있을 법한 이야기를 해주면 안 될까?

……?

아, 알겠어.

사라가 말한
터무니없는 말이
이거구나…

그럼 다시 시작하자.
처음 눈을 떴을 때부터
이야기해줘.

제가 처음
눈을 떴을 때….

가장 먼저
본 것은 잿빛의…

가장 먼저 본 것은 잿빛의
어두운 천장이었습니다.

그때 당시 제 머릿속엔
아무런 지식이 들어 있지 않아
'잿빛' 이라는 단어조차 몰랐지만,

지금 생각해보면
잿빛이 맞는 것 같아요.

그 다음으로 본 것이
로이의 얼굴이었습니다.

주인님,
눈을 떴습니다.

그렇군.

로이.
이제부터 네가
또 수고를
해줘야겠구나.

네, 주인님.

넌 지금
일어날 수 없어.

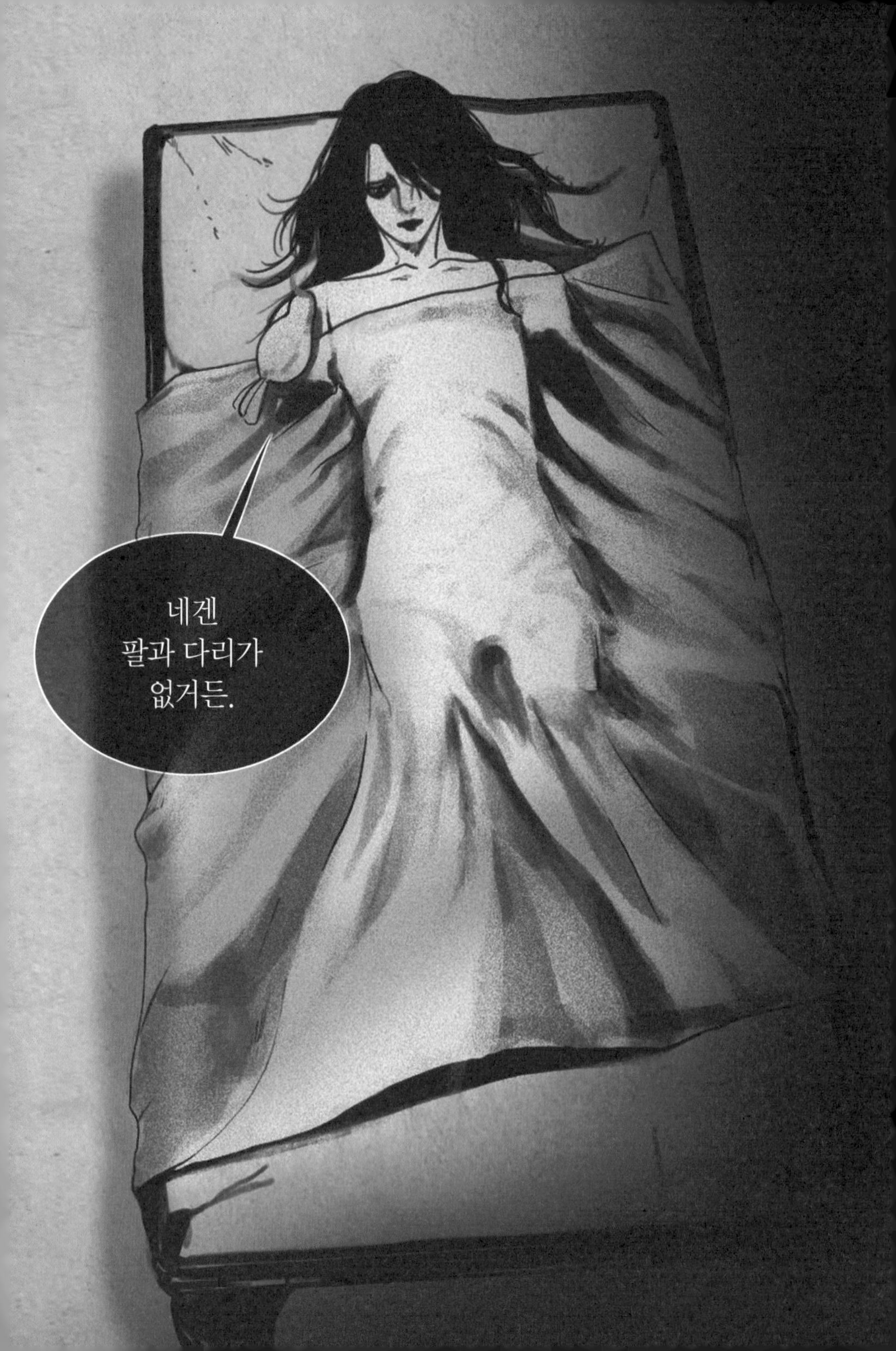
네겐 팔과 다리가 없거든.

Part 4
/
호기심 1

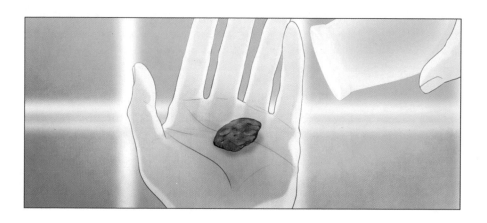

널 또 언제
가르치냐.

어휴...

처음 로이는 제게 말하는 법을 알려주었고,

따라해봐.

주.인.님.

즈... 주...

주인님!
주인님!!

주인니임!!!

로이나 주인님처럼
이곳저곳을 돌아다닐 수
있게 되었을 때는

평범한 대화도
가능했으며

주인님의 책을 읽어
이해할 수 있게 되었습니다.

하지만 저에게는
큰 문제가 있었어요.

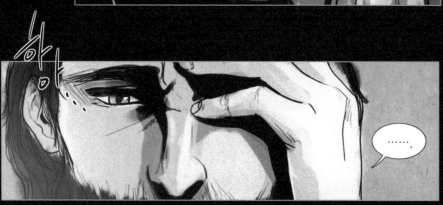

하
아

……

느끼지도
못하고?

역시 이번에도
뛰지 않는 건가?

네, 그리고…

오른팔 역시….

유독 오른팔만이
떨어져 나갔고,
제 가슴속에선 아무것도
느껴지지 않았을 뿐더러,

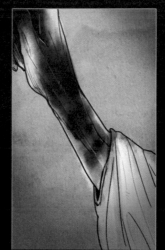

감정이란 것이
무엇인지도
알 수 없었어요.

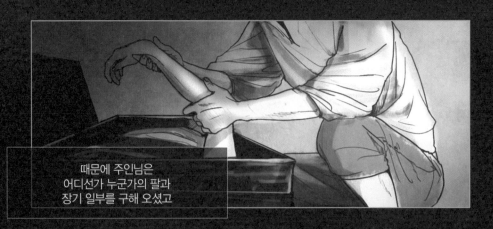

때문에 주인님은
어디선가 누군가의 팔과
장기 일부를 구해 오셨고

그 날엔 항상
실험대 위에 누워야 했죠.

팔은 눈을 감았다 뜨면
새로운 것으로 바뀌어 있었지만

가슴속 그 작은 덩어리를
바꾸기 위해선 오랜 시간 동안
누워 있었어야 했습니다.

그때면 전 언제나
주인님의 얼굴을 바라보았어요.

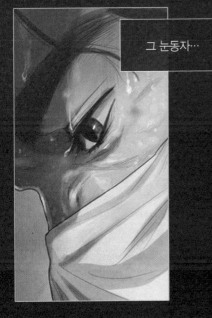

그 눈동자…

그 땀방울…

주인님이
다 되었다고 말했을 때면
처음 보는 흉터가
새로 만들어져 있었어요.

하지만 매번 새로운 흉터가 생기고
그 위로 또 다른 흉터가 생겨도
가슴속에서의 움직임을 느낄 수 없었고…

오른팔 또한
계속 썩어갔습니다.

로이.

주인님은 왜
계속 실험을 하시는
건가요?

제가 이렇게
잘 움직이는데도
말이죠.

주인님은
가족을 만들고
싶으신 거야.

살아있는
가족을.

......

저는
살아있는 것이
아닌가요?

그래.
넌 죽어있어.

그렇다면
'살아있다'라는 것은
무엇인가요?

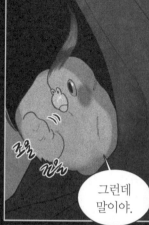

그런데
말이야.

…솔직히 나도
잘 모르겠어.

물론 난
성공작이지만 어쨌든
나도 만들어진
존재잖아.

아파?
기분 나빠?
성질나?

성질…?

봐. 넌 확실히
다르잖아?

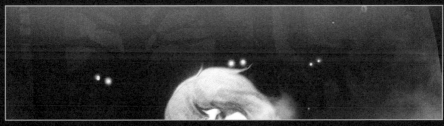

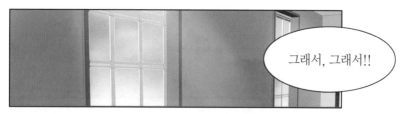

그래서, 그래서!!

어떻게 됐는데?

그때 제—

딩~동

제인 씨, 제인 씨 안에 있죠?!

빨리 나와봐요!

이 앙칼진 목소리는!

스미스 씨다!

윈터 따라와!
너도 인사하러
가자!

네 속옷을
부탁해야
하거든!

이봐요!
제인 양~,
문 열…

뚝뚝

깍!!

빌찍!

안녕하세요~~,
스미스 씨!!

짠ー

코 나갈
뻔했잖아요!

예민

방

굿!

…왜 저렇게 웃어? 불안하게?

참, 처음 보시죠? 오늘부터 같이 살게 된 윈터예요. 윈터우즈.

어머~ 죄송해요.

윈터, 스미스 씨야.

옆집 204호에 살고 계셔. 인사해야지?

안녕하세요, 스미스 씨.

붕

붕

아무튼 제인 씨! 내가 왜 왔는지 알죠? 이번 주 주말에 제인 씨가 외관 청소해야 해요.

저번에도 안 해서 내가 얼마나 화가 났는지 알아요?

휴….

죄송해요. 제가 요즘 사는 게 차~암 힘들어서….

아흑!

식구는 많아지는데, 돈은 줄어들고…. 세상이 이렇게까지 힘들 줄은 몰랐네요….

제인….

알겠어요! 스미스 씨!
그보다 제가 정말 간절한
부탁이 있거든요?

어디서 개수작이죠….
청소 제대로 하라고요.
나 화나지 않게….

우리 스미스 씨가
몸매도 너무 좋고
예뻐서 드리는
말씀인데….

속옷… 팬티…
좀 꿔주시면
안 될까요…?

뭐라고요?
제인 씨, 똑바로 좀 말해요.
젊은 사람이 그렇게
맥아리가 없어서야—

팬티 좀 꿔주세요!!!!

어머!
제인 씨!!
음흉해!

??

200

내가 진짜
웬만하면 이런 거
안 주는데,

자기가
너무 불쌍해서
주는 거야.

젊은 사람이
속옷 살 돈도
없어서야 되겠어?

사이즈 맞나
대보기나 해요.

두리번

두리번

고마워요,
스미스 씨!
보니까 대충 맞을 것
같은데요?

엇?!

안녕하세요!
래리 씨!

움찔!

201

우와~
이렇게 우리 건물을
봐주시는 거예요?
고생하시네요~.

그냥
그래요.

아… 네….

……

그런데 스미스 씨랑
저 분도 둘이 같이
사시는 건가요?

…!!!

그래, 왜?
이상해?

남자끼리 같이 살면 뭐, 안 되니?
남자끼리 연애하고 동거하면
뭐 천벌이라도 받는대?!

…그러면
천벌 받나요?
저는 모르겠어요,
스미스 씨.

저런… 또
과민 반응을….

넌 나랑 래리처럼
남자끼리 같이 사는 게
이상해 보이지 않아?

네. 이상해
보이지 않아요.

어머머머머?
너 정말 맘에 든다!

???

스미스 씨도 참~
2년 전 나 이사 왔을
때도 저러셨는데…

그때… 한
세 시간 강의를
들었지, 아마.

빨리 집으로
가자.

사랑에는 말이야,
경계선이 없는 거야!

남녀든! 남남이든!
여여든 말이지!

이제 알겠지?
정상, 비정상?
그런 기준 따윈
없는 거야!

네, 알겠어요
스미스 씨.

벌써 가려고?
조금만 더 있다가 가지?!
이 친구한테 성교육 좀
시켜주려고 했는데!

스미스 씨!
저흰 이만 가볼게요.
옷 빌려주셔서
감사해요~.

하.하.하.하.
아니에요! 그럼
안녕히 계세요!

아~, 잠깐만!
내가 우리 윈터
너~무 예뻐서
덤으로 주는
거야!

윈터,
너만 먹어.
알았지?

알겠어요,
스미스 씨.
감사합니다.

참, 제인 씨.
주말에 청소
잊지 마요!

네, 네~!

그보다 기특하지 않아? 편견이 없어서 너무 귀엽네. 가르칠 맛 나겠어.

그렇게 불시에 데리고 오면 어떡해. 놀랐잖아.

자판 몇 개만 누르면 화면 다 바뀌잖아.

맘에 드나 봐?

속옷도 그런 거 말고 대충 아무거나 줘도 되잖아. 내 취향이었는데.

인형이 맘에 들어봤자지! 지금 질투하는 거야? 귀~여~워~?

아니, 근데 아까는 어떻게 된 걸까? 제인의 욕실엔 도청 장치밖에 설치 안 했잖아.

소리만 듣는데 너무 궁금해! 나중에 책임님께 물어—

엇! 저게 뭐야!! 제인이 내가 준 원터 음식 뺏어 먹잖아!!! 저, 저 돼지 같은!!!

아, 정말 청소, 청소, 청소….

속옷이랑 옷 챙겨준 건 너무 고마운데, 진짜 청소 하기 싫다아~.

그나저나 먹을 거 많이도 주셨네~. 어디 하나….

슬쩍

윽

뭐야? 지금?!

스미스 씨가 저만 먹으랬어요.

참~ 나?!

그래서, 안 주시겠다?

이런 치사한 자식!

투닥

투닥

…여, 여기요, 제인.

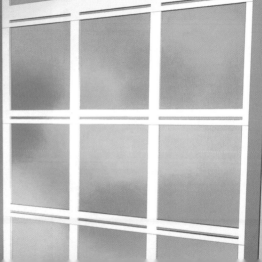

오물 오물

우리 애기들한테도 밥 좀 줘야겠다~.

야~ 로이..
너 어디 갔다가 이제 나왔냐?

신경 좀 꺼줄래? 대답하는 것도 귀찮거든.

역시 보통 앵무새가 아니야. 말하는 거 봐….

난 앵무새 따위가 아니라고!

툭…

이것은 씨앗 아닌가요?

안 돼, 안 돼! 건드리지 마!

찰싹!

이건 엄~청 소중한 거야!

우리 할머니가 돌아가시기 전에 주신 거라고.

소중한 것이
무엇이죠?

뭐긴 뭐야?
없어지면 절대로
안 되는 거지!

그래 봤자
씨앗이잖아?
없어진다고 죽어?
소심하긴.

그냥 씨앗이 아니거든!
우리 할머니가 이거
심으면 엄청난 일이
벌어질 거라고 했어!

지금 그걸 믿어?
동화 작가라더니 과연
현실성 제로구먼.

날 키워주신 분이
할머니란 말이야.

할머니가 내게 준
마지막 선물인데, 어떻게
안 소중하겠어?

현실성 제로는
너희들이거든?

그럼
엄마, 아빠는?

······.

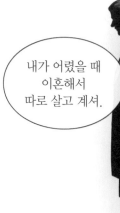
내가 어렸을 때
이혼해서
따로 살고 계셔.

그래서 할머니가
돌아가신 뒤로
나도 나왔어.

집안 잘
돌아간다~.

이게 진짜!

제인.
소중한 것을
가지면 좋은가요?

당연히 좋지. 누구나
소중한 거 하나씩은
꼭 있을걸?

…만약 그것이
없어지면 제인은
어떻게 되나요?

없어지는 건
생각하고 싶지
않아.

208

이건 할머니와의
유일한 끈이거든….

생각만 해도
절망스럽다.

……

하아

별로 한 것도
없는데 하루가
다 가버렸네.

스미스 씨가 준
음식 좀 냉장고에
넣어놔야겠다.

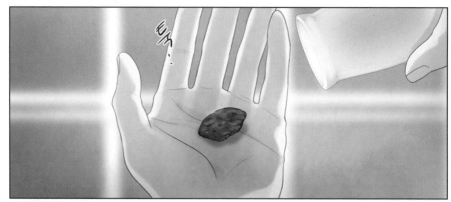

Winter Woods

Part 5
/
호기심 2

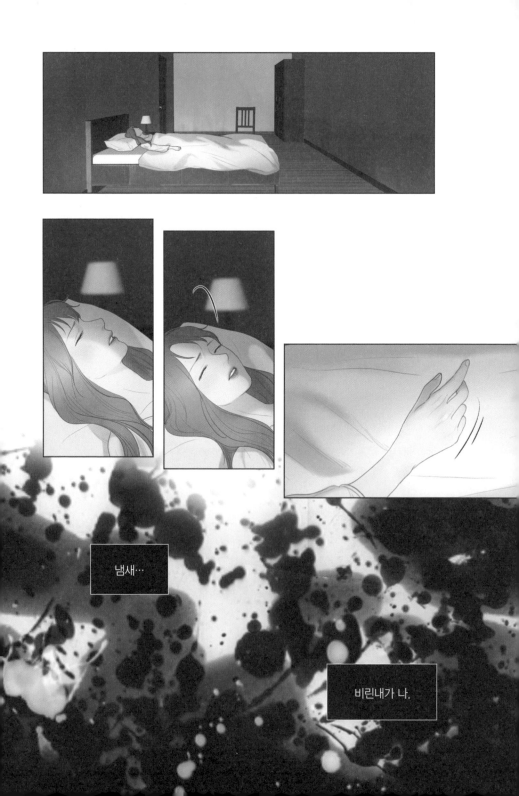

냄새…

비린내가 나.

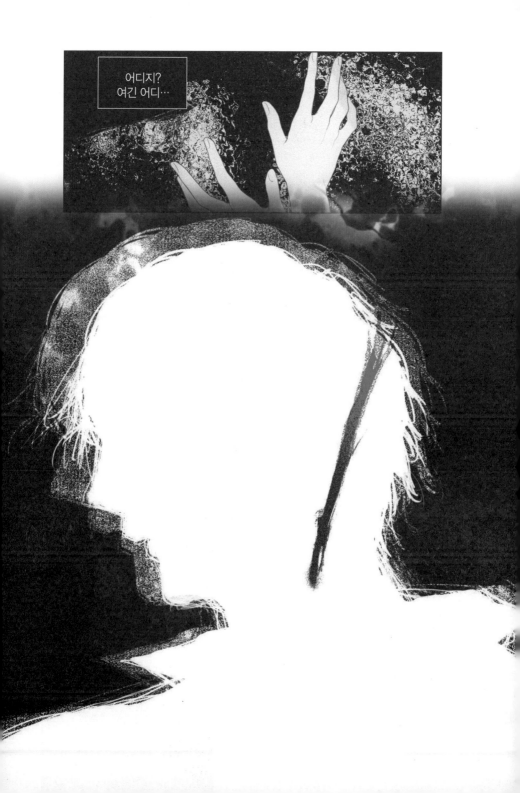

!!!!

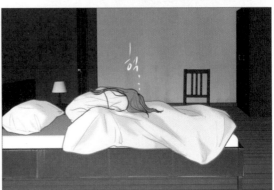

음~ ♪   썰걱 썰걱

맛있는 냄새….

음음~ ♫   보글   보글

조에?

좋은 아침이야,
아도라.

왜 그래,
무슨 일 있어?

……

또 그 꿈을
꾸었구나.

그렇게 자주 꾸면
익숙해질 만도
한데.

이 꿈은 아마
죽을 때까지 날
괴롭힐 거야.

익숙해질 수도
없겠지.

죄책감
같은 거 말이야.

당신은
잊을 수 없는 기억
같은 거 없어?

난 그런 거
없어.

당신도 전에는—

아,
하나 있다.

죄책감은
아니고,

잊지 말아야 할
얼굴들이 있지.

조에,
오늘 이상해.
뭐 좋은 일이라도
있는 거야?

물론.

네가 상상도
못할 만큼 좋은
일이 있었어.

어차피 물어봐도
알려주지
않을 거잖아.

알면서
그런 말은
왜 해?

……

안아줘.

안 된다고
했지?

당신의 얼굴을
보고 싶어.

…안 돼.

조에, 나도
당신의 집으로
데려가 주면
안 돼?

난 여기
혼자 있는 게 싫어.
자꾸 안 좋은 일들만
떠오른단 말이야.

아도라. 누구에게나
건드리지 말아야 할,
아물지 않은
상처라는 게 있어.

아무리 온화한
사람이라도 그걸
건드리면… 알지?
어떻게 될지 몰라.

한동안
얌전하다 싶었는데,
또다시 시작이구나.

당신은 내게
그럴 리 없어.

221

저번처럼 저 방에
갇혀 있고 싶어?

이번엔
아예 그 침대에
묶어둬야 하나?

아, 잘하면
덤으로 네가 무서워하는
표정까지 볼 수 있을지도
모르겠군.

난 아직도
그 표정이 궁금해.

너도
그러긴 싫지?

그러니까
내가 있는 곳으로
찾아오겠단 그런 쓸데없는
말 하지 마.

자, 그만 식사해.

먹어.

저벅

저벅

벌써 가는 거야?

어, 일찍 가봐야 해.

도와야 할 사람들이 있거든.

…조에.

당신이 날 데려갈 수 없다면 나 스스로라도 찾아갈 거야.

올 수 있으면 와봐.

그땐 내가 칭찬해주지.

께
이
이
이

철컥

난 당신을 찾을 수 있어.

Winter Woods

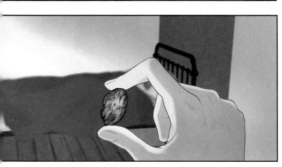

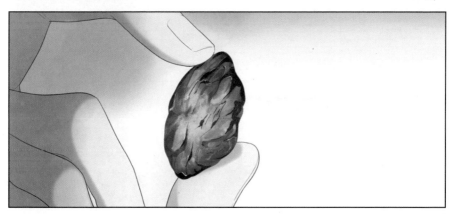

저거 봐!!

또
체크하러
갔어!!

······

저러다 내가
자고 있을 때
나가버리면
어쩌지?

어제 새벽

이상해…

구린내가 나….

휴버트가 보낸 집의
주인 친구가
연구원이다?

아무리 그 악마가
그들과 다르다고
잡아뗐지만 뭔가 구려.

어쩌면 여길 박차고
도망가야 하는 게
맞을지도 몰라.

……!!!

하지만 로이,
우린 약속을
했잖아요.

약속은 무슨!
어제 옆집 사람한테
가난하다고 했던 거
기억하지?

쟨 돈을 위해선
우리를 팔고도
남을 거야.

우리 얘기를
최대한 빨리 듣고 돈이 더
들기 전에 팔고 싶어 하겠지.
그 전에 먼저 뒤통수를
치는 거야!

봄이고 나발이고
빨리 도망가자!
난 그 이상한 곳에
들어가기 싫어!!

저게 진짜
무슨 말을
지껄이는 거야?!

그렇군요.
알겠어요, 로이.

뭐?!

지금 떠나야
하는 건가요?

…….

위잉잉이이

넘줘…

부들…

부들…

우선! 제인이 우리에게 제공한 건 최대한 써먹고 나가자.

쟤는 봄까지 우리와 함께하기로 했으니, 그때까진 안심하겠지?!

그럼….

아, 그래!

아침마다 창문에 끼는 성에가 네 손가락만 한 두께로 얇아지면 나가는 거야!

알겠어요, 로이.

그때부터 내가 얼마나 고생을 했는지!!

로이는
그렇다 치지만
윈터까지
동조하다니…!

하…아암…!

잘 잤다.

어색

좋은 아침이야,
윈터!

활
짝

……

스스

헤헤~

젠장, 언제까지
이렇게 웃고만 있어야
하는 걸까…?

벌써 이게
며칠째야!!

너무
피곤해…!

으흐응으으옹응~

전에 듣다 만 얘기 좀 들어야 하는데….

커피가 여기 있더라…

뒤적 뒤적

슬슬 얘기해 달라고 할까?

……

아냐, 아직 아닌 것 같아!

힉 힉

어떻게 날 믿게 만들지?

어떻게….

Forest coffee

그래! 윈터에게 중요한 일을 시켜서,

내가 윈터를 믿고 있다는 느낌을 줘도 좋을 것 같은데?

그래 그래, 그거 좋겠다!!

탁!

윈~터~!

네, 제인.

화분에
물 좀 줄래?

내 소중한
것들이란 거 알지?

네가
해줬으면 해~!

알겠어요,
제인.

윈터.

내가 물을 얼마나
줘야 할지 알려줄게.

이 다음부턴
네가 해야 해, 알았지?
네가 얘네들을
챙기지 않으면
죽을지도 몰라.

자, 봐.

여기 흙이
바짝 말랐잖아?

살짝 축촉해
질 때까…

…어?

어디… 있지?

뒤적

뒤적

어디 갔어?

어디 갔―

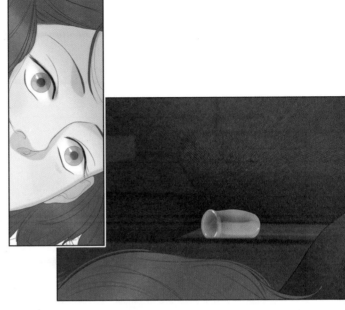

이게 왜
여기 있어?!

제인,
여기 있어요.

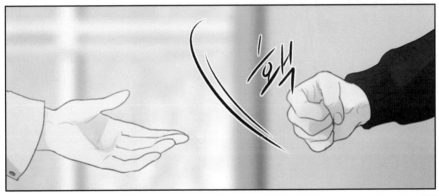

내가 이거
소중한 거라고
했어, 안 했어?

소중한 거라고
했어요.

근데 이게
왜 너에게 있지?

…제인이
'절망'에 빠지는
모습이 궁금했어요.

그래서 지금
이런 짓을 한 거야?

장난해?

이 씨앗이 내게
어떤 의미인지
알면서도 이렇게―

242

아무리 아무것도
모른다지만…!

……!

경고하는데,
다음부터 그러지 마.
이건 하면 안 되는
짓이야.

네, 제인.

…그런데,

'절망'이란 건….

제인 씨!
청소 잊지 않았죠?!

그놈의 청소!!

곧 나갈게요!!

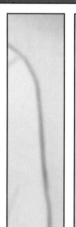

…그래.

244

알고 한 것도
아닌 것 같고….

윈터.

너도 나갈래?

앞으로
조심해. 지금은 그냥
이렇게 넘기는데,
다음번엔 정말
얄짤없어.

아무리 궁금해도
하지 말아야 할 짓이
있는 거야, 알겠어?

근데 오늘따라
뭔가 허전하다?

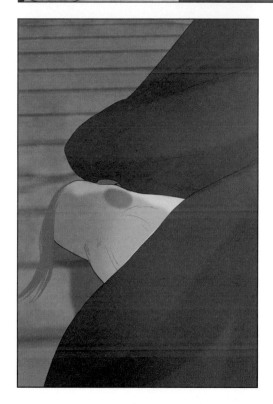

Winter
Woods

Part 6
/
머리카락 끝의 온기

그녀는
언제나 일어나기 전
침대에 누워

그의 품속에 있었던
순간들을 회상했다.

그리고 그녀는
확신에 찬 미소를 지어 보였다.

오늘은 반드시
그가 있는 곳을
찾아내겠노라고…

그녀는
생각했다.

사실 그녀는 아주 오래전부터
그가 살고 있을 곳에 대해
많은 걸 생각하고 있었고,

또 찾아다니고 있었다.

그녀는 그의 품에 안길 때마다 많은 정보를 찾아냈다.

가장 강하게 났던
향기로운 향수 냄새.

꽃향기와

베이커리의 달콤한
빵 굽는 냄새.

은은한 커피향과,

추운 겨울 하수구에서
올라오는 수증기….

그리고 가장 옅었던 피비린내….

이 냄새들은 모두 그가
그녀의 집에 찾아오면서
배어 온 것이 분명했다.

그녀는 시각을 제외한
모든 감각을 동원해,

굉장히 오랜 시간 동안
길 위를 헤매었다.

그리고 며칠 전 그녀는
마침내 찾아냈다.

아주 흐릿하게
풍겨오던 냄새…

바로 안개 낀 숲의
시원한 향을 말이다.

찾았다.

그, 그만…!

지팡이가—

여기 있지롱!
어디 뺏어봐라!

!!!!

얘들아!
도망…!

어?!

260

분명 이쯤에서
떨어지는 소리가
들렸는데….

더듬

더듬

톡‥

아!

더듬

더듬

저기 실례지만,
이 근처에 혹시
지팡이 없나요?

제가 앞을
볼 수가 없어서요.

혹시 아이들이
지팡이를 가지고
갔나요?

……

…그들은
가버렸어요.

아….

큰일이네요.
전 그것이 없으면
아무것도 못 하는데….

……

……!!!

윈터!

들어가자!

네!

벌떡

짠그르

제인!
같이 가요!

청소 잘하나
감시하려고 그림
그리고 있었었구먼.

같이
가자니까요~?!

깽 깽

204

으어

넌 저 새

래리!!

지금 뭐 하는 거야?
치우면서 보든가!
이게 돼지우리도
아니고!!

청소 좋아하는
네가 치우면
되잖아.

아이고! 내가
뭘 바래!

주섬
주섬

…….

…그보다 이상한 일이 있었어. 이상한 일이라기보단… 이상한 행동이라고 해야 하나…?

이상한 행동?

우웅 우웅

자기도 화면으로 봤을 거 아냐! EL-1이 지팡이 뒤로 숨기는 거!

멀리 있어서 무슨 대화를 하는지는 잘 안 들렸는데,

무엇보다 그 표정이…

뒷모습 뿐이었지만 뭔가 묘했어.

마치 어린애 같다고 해야 하나.

어린애?

그래, 어린애. 호기심에 장난삼아 잠자리 날개 뜯는… 그런 어린애 같은 느낌.

어쨌든 영 껄끄러워.

…….

배고파.

진지하게 말하고 있는데! 이거나 처드세요!

뼈직!

잠깐, 잠깐! 제인이 뭐라고 말하는 것 같은데, 좀 듣자!

응?

아~.

너무 피곤해…

…….

원터.

이리로 와봐.

빵
||
빵

여기
앉으라고.

툭툭

……!!

푹신

푹신
딩가
딩가
딩가

엥기

딩가
딩가

원터—

딩가
딩가

그마안!!

별떠

…저기 사실,

저번에 너랑 로이가
떠나느니 마느니
하는 얘기 들었어.

내가 요즘
그것 때문에
잠도 제대로
못 자고,

얼마나
피곤한 줄 알아?

행여나
네가 그냥 훌쩍
나가버릴까 봐
네 눈치를 얼마나
봤는데….

알지?!
내가 그동안 엄청
잘해준 거!

물론 오늘
약간의 문제 때문에
좀 어긋나긴 했지만,
나 그동안
노력했다고.

같이 산 지
얼마 안 돼서 너와
로이가 나와 사라를
못 믿는다는 건
이해해.

하지만 사라까진
아니어도 나만큼은
믿어줬으면 해.

내가 널 믿는
것처럼 말이야.

제인은
절 믿나요?

물론이지!

내가 널 안 믿는다면
나의 소중한 애기들을
너한테 맡겼겠어?!

절도 미수인 널 두고
저 씨앗을 저렇게
꺼내 놨겠냐고.

다 널 믿으니까
저렇게 둔 거야.

…그렇군요.

뭐, 생각을 해보니
계약한 것도 아닌데
나가겠다는 널 붙잡는
것도 웃기고 해서—

한 가지
당부나 좀
할까 해.

당부할 것이
무엇인가요?

나갈 때 나가더라도
말은 하고 나가.

예고 없이
훌쩍 떠나지 말고.

그래야 내가
대비를 하지.

…알겠어요, 제인.
꼭 말하고 떠날게요.

아이고!
하여간 대답은
잘해!!

야호!
백 년 묵은 체증이
이제야 내려가는 것
같네!

…네,

제인.

아깐 너무 경황이 없어서 제대로 못 들었는데… 아침에 내가 절망하는 모습이 궁금하다고 했지?

네, 제인.

너 엄청 오래 살지 않았어?

공굼-

사람이든 동물이든 그동안 네 곁을 떠난 것들이 있었을 거 아냐.

그때마다 별 느낌 없었어?

또리 또리

흠….

네 주인의 모습에선?

항상 실험에 실패했다며.

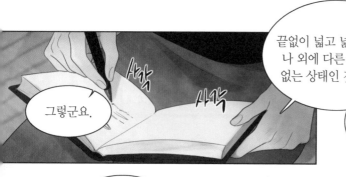

끝없이 넓고 넓은 우주에 나 외에 다른 생명이란 없는 상태인 것 같았어.

그렇군요.

정말로 혼자가 된 느낌…

희망도 뭣도 없었지.

헤어 나오기 힘들었어, 진짜로.

끄적… 끄적…

근데 그런 걸 넌 내게 선사하려 했지….

죄송합니다, 제인.

하아하하….

됐어. 이미 지난 일인데, 뭐. 다음부터 안 그러면 되지.

그보다 오늘 따라 로이가 너무 조용하지 않…

끼긱?

이, 이게… 대체…
무, 무슨 일이야…?

로이는
태엽이 거의 풀리면
이상한 행동을
보여요.

그래서
감아주어야 하죠.

태엽? 로이도
만들어진 거였어?

로이는
태엽이 풀리면 안 돼요.
완전히 풀리게 되면
모든 기억을 잃거든요.

언제나
감겨있어야 해요.

…너도 만들어진
거라니….

난 이 녀석과 달리
성공작이라고!

근데 항상
이렇게 발광이야?

아뇨,
매번 달라요.

자, 그럼 이제
그동안 하지 못했던
이야기를 좀 해볼까?

저번에 늑대한테
물린 뒤로 완전 궁금해
미치는 줄 알았어!

......

녹음기도
켰고~~,

받아 적을
준비도 했고~,

이제
얘기해봐!

끙시락...

꿈지락

〈윈터우즈〉 2권으로 이어집니다.

알겠어요, 제인.

Winter Woods

Winter
Woods

윈터우즈 1

1판 1쇄 발행 2018년 2월 23일
1판 4쇄 발행 2019년 2월 1일

글 Cosmos **그림** 반지
펴낸이 김영곤 **펴낸곳** ㈜북이십일 아르테팝
미디어사업본부이사 신우섭
미디어만화팀 윤기홍 윤효정 박찬양
미디어마케팅팀 민안기 김한성 정지은 정지연 김종민 **해외기획팀** 임세은 장수연 이윤경
문학영업팀 권장규 오서영 **제작팀** 이영민

출판등록 2000년 5월 6일 제406-2003-061호
주소 (우-10881) 경기도 파주시 회동길 201(문발동)
대표전화 031-955-2100 **팩스** 031-955-2151 **이메일** book21@book21.co.kr

㈜북이십일 경계를 허무는 콘텐츠 리더

북이십일과 함께하는 팟캐스트 '책 , 이게 뭐라고'
아르테팝 채널에서 도서 정보와 다양한 영상자료 , 이벤트를 만나세요 !
페이스북 facebook.com/21artepop   트위터 twitter.com/21artepop
인스타그램 instagram.com/21artepop 홈페이지 artepop.book21.com

ISBN 978-89-509-7357-5 04810
책값은 뒤표지에 있습니다.

본문 디자인 손봄코믹스